Verlag
Michaela
Naumann

Das Pfälzische Schimpfwörterbuch

Allerhand *uumegliche* Wörter
von Walter Sauer

Verlag Michaela Naumann

Verlag Michaela Naumann, 6369 Nidderau 2
Gesamtherstellung: Buchdruckerei Loibl, Neuburg/Do.

Die Abbildungen stammen von dem Comic- und Cartoonzeichner Lars Contzen.

Die Deutsche Bibliothek — CIP-Einheitsaufnahme
Sauer, Walter:
Das Pfälzische Schimpfwörterbuch: Allerhand uumegliche Wörter / von Walter Sauer. —
Nidderau: Naumann, 1992
ISBN 3-924490-37-6
NE: HST

Hartriggel – Petzhernche

Schimpfvorwort

Sage einer, es gebe keine Schimpfvorwörter! Natürlich gibt es sie! Vorerst allerdings nur in der Einzahl und als Unikat, denn dies, lieber Schimpfvorwortleser, ist das erste aller Schimpfvorwörter, ein Erstling unter seinesgleichen, geschaffen aus der schimpfwortbildnerischen Laune eines verlegenen Schimpfwörterbuchverfassers.

»Und was, bitteschön, ist ein Schimpfvorwort?« — so höre ich den geneigten (nicht gerade fantasievollen) Schimpfvorwortleser raunend fragen. Nun, man nehme ein ganz normales Schimpfwort, kreuze es mit einem ganz normalen Vorwort, voilà ein Schimpfvorwort der ganz normalen Art, geeignet als Vorrede zu einem ganz normalen pfälzischen Schimpfwörterbuch, das hiermit der inner- und außerpfälzischen Schimpfwörterbuchleserschaft übergeben sei.

Nicht gerade zum gesegneten Gebrauch, versteht sich. Das hier zusammengetragene Repertoire pfälzischer Verbalinjurien beansprucht eher eine reinigende Funktion. Es ist die auf Papier gebannte Summe schimpfwörtlicher Unverschämtheiten, die, einmal staunend zur Kenntnis genommen, alsbald aus dem sprachlichen System des pfälzischen Sprechers ausgeschieden und ein für alle Mal vergessen werden können. Ein *Laxativum linguisticum*, sozusagen. Ein Schimpfwortschatz zum Abgewöhnen, zur Nachahmung völlig ungeeignet!

Gleichwohl läßt die schiere Menge der hier versammelten Schimpfwörter — insgesamt mehr als 1200 an der Zahl — selbst den Schimpfwörterbuchverfasser gewissermaßen erschaudern. Was sind das bloß für Menschen, denen er hier in monatelanger Kleinarbeit »aufs Maul geschaut«, deren Redeweise er studiert, deren schriftliche Äußerungen er registriert und aufgezeichnet hat? Wäre er nicht selbst Pfälzer mit Leib und Seele, hätte er bei der Vorbereitung dieses Bändchens nicht seine eigene sprachliche Seele erforscht — und gereinigt —, er wäre geneigt, hier einen regionalen Menschenschlag zu entlarven, dessen zwischenmenschliche Beziehungen er als tiefgreifend gestört bezeichnen und den er nichts weniger als bürgerkriegsanfällig nennen würde.

Daß dem nicht so ist, hat sich längst herumgesprochen. Nicht umsonst gelten die Pfälzer, an der südwestlichen Flanke des Reiches — pardon: der Republik — beheimatet, als der friedvollste und umgänglichste aller deutschen Stämme. Dabei scheint es keineswegs verfehlt, auch sprachliche Gründe für dieses erstaunliche psychologische Phänomen heranzuziehen. Was liegt näher, als den Regionalcharakter des *Homo palatinus* (›pfälzischen Menschen‹, für [Noch-]Nichtlateiner) mit seinem Schatz an treffenden Schimpfwörtern in Verbindung zu bringen, in ihnen gar die Ursache seiner Friedfertigkeit, Leutseligkeit und Nächstenliebe zu suchen? Indem der Pfälzer in aller Offenheit »schennt« (›schimpft‹, für [Noch-]Nichtpfälzer) und kein Blatt vor den Mund nimmt, läßt er Groll und Haß hinter sich, seine »Schennerei« dient ihm als Ventil, mit dem er die Gewitterwolken des Unfriedens vertreibt, als harmoniestiftendes Medium, das ihm das Tor zum verlorenen Paradies wieder aufstößt. (*Mein liewer Scholli*, war das vielleicht eine mißglückte rhetorische »tour de force«! — Jetzt reicht's aber! Deswegen verkneife ich mir auch den bereits zurechtgelegten Hinweis auf die sogenannte, in dergleichen Publikationen immerwiederkehrende »seelische Hygiene«).

Statt dessen sei noch das eine oder andere an praktischen Hinweisen angefügt. Es versteht sich von selbst, daß nicht alles in diesem Band auf meinem eigenen Mist gewachsen — geschweige denn je aus meinem Munde gekommen — ist. Alles andere wäre eine bösartige Unterstellung. Zu den zahlreichen schriftlichen Quellen, die ich benutzt habe, zählt an erster Stelle das *Pfälzische Wörterbuch* (Hrsg. E. Christmann/J. Krämer/R. Post; Wiesbaden, 1965 ff.). Außerdem habe ich aus Veröffentlichungen verschiedener pfälzischer Mundartkollegen geschöpft (sie werden es mir verzeihen, daß ich sie nicht alle nenne), den Wortschatz meiner Umgebung auf einschlägiges Material hin untersucht und schließlich meine eigene sprachliche Vergangenheit (insofern ich beanspruchen darf, der Wirkung des Laxativs bereits erlegen zu sein) mitberücksichtigt. Der »Einzugsbereich« dieses Schimpfwörterbuches erstreckt sich über die gesamte »Pfalz« als kulturelle Einheit links und rechts des Rheins. Dabei liegt der Akzent deutlich auf allgemein verbreiteten und bekannten Schimpfwörtern, während solche, die innerhalb dieses Gebietes regional nur eng begrenzt vorkommen, im allgemeinen nicht berücksichtigt wurden. Die Schreibung orientiert sich, entsprechend meiner eigenen sprachlichen Herkunft, eher an der ost-/vorderpfälzischen Aussprache. Dafür stehe ich also genauso gerade wie für die Definitionen, die das nicht gar zu ernst zu nehmende Herzstück dieses pfälzischen Schimpfwörterbuchs sind. — Ende des Schimpfvorworts.

Walter Sauer

A

Aagewwer, *gibt aa wie e Dutt voll Wanze* und leitet daher diese Schimpfwortsammlung ein — obwohl er im Alphabet eigentlich *nach* dem folgenden Stichwort kommen sollte.

Aafänger, hat gerade den Führerschein erworben und stellt sich im Straßenverkehr (und anderswo) *saubleed* an.

Aas, ältere Form: *Oos*, böses Frauenzimmer.

Abgascht, ungehobelte, häßliche, ja widerliche Person und daher nicht gerade sympathisch.

Abstaawer, im Fußball: bequemer, vom Glück begünstigter Torschütze; im Leben: schmarotzender Zeitgenosse.

Aff, Spezies: Simiae; metaphorisch vielfach verwendbar zur Bezeichnung eines dummen, eitlen und eingebildeten *Homo sapiens* beiderlei Geschlechts; gelegentlich auch auf einem Schleifstein anzutreffen (*wie en Aff uf em Schleefstää*).

Affezibbel und seine Verwandten, *Affezabbe, -arsch, -bart, -gsicht, -kochem* (aus jidd. *chochom* ›klug, weise‹), *-kopp, -pinscher, -schwanz* usw. zählen auf dem Jahrmarkt der Eitelkeit oder Einfalt gleichfalls zur Großfamilie der Simiae.

Alderle, meist gedoppelt: *Alderle, Alderle!*; sanfte Drohung für Lausebengel.

Allmoi, hat ein durchaus vereinnahmendes Wesen, nach der Devise: »alles (ist) mein«.

Dummer Auguscht

Angschthas, schmeißt die Flinte ins Korn und verkriecht sich bei herannahender Gefahr in seinen Bau; vgl. den Kinderreim: *»Angschthas, Peffernas, morge kummt de Oschderhas«.*

Archimdreck, scherzhaft für Architekt.

Armleichder, auch: *Armloch*; alles andere als eine Quelle des Lichts; verhüllend für *Arschloch.*

Arsch, vier (?) Buchstaben, mit sehr allgemeiner schimpfologischer Verwendung. Begegnet manchmal mit (größeren oder kleineren) Ohren.

Ärschel, sieben Buchstaben; Koseform des vorangehenden Schimpfworts.

Arschgeig, im Orchester: 2. Geige; sonst eher unmusikalisch.

Arschkriecher, *-lecker*, buckelt nach oben (und tritt meist nach unten).

Arschloch, lat. *anus*; anal-anatomischer Gemeinplatz; nicht gerade appetitlich.

Atzel, diebische »Elster«; eine Art Pipi Langfinger.

Auguscht, als *dummer Auguscht* (Betonung auf der ersten Silbe) nicht nur im Zirkus anzutreffen.

Ausgekochder, auch: *Ausgspitzder*, ist immer auf seinen Vorteil bedacht und mit allen Wassern gewaschen.

B

Babbegai, hervorragender Stimmenimitator, vor allem, wenn es sich um das Nachsprechen von Einsichten handelt, die nicht auf seinem Mist gewachsen sind.

Babbelarsch, quasselt unaufhörlich, wobei er/sie einen an die Wand redet (andere Vertreter: *Babbeldasch, -duschur* (aus frz. *toujours* ›immer‹), *-gosch, -gret, -hans, -lies, -maul, -schniß, -schnut*).

Bäbberer, hat immer etwas in seinen Bart zu murmeln.

Babbler(sin), dumme(r) Schwätzer(in); *babbelt äm dumm un dabbich.*

Bachwutz, zweibeinige Wildsau.

Backärschel, freche(r) Halbwüchsige(r).

Badascheer, Betrüger, nichtsnutziger, fauler Kerl (aus frz. *partageur* ›Teilnehmer‹).

Bagaasch, (aus frz. *bagage* ›Troß‹) Kollektivbezeichnung für unangenehme, nervende Typen mit und ohne Reisegepäck.

Bajaß, Ulknudel, Spaßmacher, Halbverrückter.

Bambel, *Bambes*; auch: *Bambelarsch, -gret, -hannes, -schorsch, -meier, -schwanz, -sack, -wammes*), nachlässige, unzuverlässige Person ohne Lebensstil.

Bankert, nach Duden: »das auf der Schlafbank der Magd gezeugte Kind«; in der Pfalz nicht nur für uneheliche Frechlinge gebräuchlich; man unterscheidet in *Chausseegrawebankert, Hegge-, Hure-, Malefiz-, Sau-* usw. Beliebt ist die Redensart: *»Wann eier B. zu unserm B. noch emol B. sacht, sacht unser B. zu eierm B. so lang B., bis eier B. zu unserm B. nimmi B. sacht.«*

Bankrottskrämer, nicht sehr erfolgreicher Vertreter des Einzelhandels.

Bappsack, normaler und verkleinerter Sack gemeinen und schmutzigen Inhalts.

Bäreseggel, *-treiwer*, ungeschlachter, roher Mensch.

Baschdert, Bastard; sozial höherstehendes Gegenstück von *Bankert*, da ursprünglich uneheliches Kind eines Adeligen mit einer Nichtadeligen, und daher um so derber.

Bauchworz, *-laggel, -seggel, -stiwwel, -storre*, kurzbeiniger, rundlicher Mann.

Bauer, als Schimpfwort den ehrenwerten Stand des Landmannes diskriminierend.

Bauretrampel, eher ungepflegte Person, nicht unbedingt landwirtschaftlicher Herkunft. Auch bekannt als *Baurebolle, -hammel, -hewwel, -jeggel, -klowe, -knewel, -knoddel, -knibbel* u. dgl.

Beißzang, zänkische (Ehe-)Frau, hat mit dem Werkzeug den bösen Biß gemeinsam. Meist antiquarisch verwendet: *Aldi B.!*

Bele, Eigenname aus dem Küchenbereich (Spezialgebiet: *Grumbeere*) für ein zänkisches Weib: *»Ich will der was verzähle/ vun de alde Bele./ Wann se kää Kardoffel hot,/ kann se kääni schele.«*

Bengel, *en Engel mit eme B vornedraa.*

Bersch(d)el, mit der Drohung *Wart nor, Bersch(d)el, wann ich dich verwisch!* verschafft sich der Kirschbaumbesitzer beim jugendlichen Mundräuber Respekt.

Besserwisser, fehlt in der Bedeutung »Besserwessi« im Sächsischen Schimpfwörterbuch!

Betriebsnudel, »Pasta Fabrica«; gemeinhin umtriebiges Organisationstalent für inner- und außerbetriebliche Stimmung.

Bettkiddel, *staawicher Bettkiddel*, nicht ganz ernst gemeinte Benennung eines frechen Heranwachsenden.

Bettseecher, *-bacheler, -brunzer, -pisser*, mit und ohne Bezug zum unkontrollierten nächtlichen Harnfluß; eher derbes Schimpfwort für einen besonders gemeinen Kerl.

Bierleich, sinnlos Besoffene(r).

Biescht, böses, niederträchtiges Frauen(oder Herren-)zimmer.

Bledel, läßt es am nötigen Ernst fehlen. Steigerungsformen: *Bleedhammel, -jahn, -mann, -rian.*

Bleß, eigentlich Name für eine Kuh (mit weißem Stirnfleck), mit welcher so genannte Person den Mangel an Intelligenz gemeinsam hat.

Blindgänger, erfolgloser Kamerad, Versager auf der ganzen Linie.

Blinzelbinche, sehr schüchternes Mädchen (namens ›Philippinchen‹), das häufig mit den Augen blinzelt.

Bloomaul, nur in der Verbindung *Mannemer Bloomaul* als adelnder Ortsneckname gebräuchlich.

Bloßarsch, vgl. andere Zusammensetzungen mit dem allerwertesten Körperteil. Hier: Feigling, einfältiger Kerl. Auf die neugierige Frage: *»Wer war des?«* antwortet man: *»De Bloßarsch«.*

Blummepeder, Mannheimer Original, Wahlspruch: *»Kaaf mer ebbes ab!«*

Blunz, gemeine Blutwurst besonders lappriger Art. Spezifikation: *die alt B.*

Blutsauger, beutet rücksichts- und gnadenlos seine Mitmenschen aus.

Bock, ein *sturer B.* ist wenig flexibel, ein *geiler* (auch: *alder*) *B.* hat einen unkontrollierten Hormonhaushalt, und beide können stinken wie einer.

Bocksbänischer, *stellt sich uf die Hinnerfieß* und demnach störrisch an, treibt gerne quer.

Bohnesimbel, zur Gattung der *Simbel* gehöriger Schmetterlingsblütler. Weitere Gartenformen: *Meerreddichsimbel, Simbelmeerreddich.*

Bohnestang, etwas zu lang und dürr geratenes Mädchen.

Boll, großes, dickliches, auch schmutziges Frauenzimmer.

Bottschambel, (aus frz. *pot de chambre* ›Nachtgeschirr‹); nicht gerade attraktiv aussehende Weibsperson mit unsicherem »tertium comparationis« zur Herkunft des Namens.

Brechmiddel, löst mit seiner/ihrer Art bei näherem Kontakt Übelkeit, Verdruß, allerlei allergische Reaktionen, gar Erbrechen aus.

Brilleglotzer(n), Stammkunde/in des Optikers; Intellektueller.

Brockler(n), hat immer etwas zu *broggle*, zu nörgeln und in seinen/ihren Bart zu brummen.

Brotzkopp, auch: *Brutzkopp*, schnell beleidigtes Weibs- (auch: Manns-)bild; spielt gern die *beleidicht Lewwerworscht.*

Brunzer, *alder B.*, nicht unbedingt mit Bettnässen in Verbindung zu bringen; Unterarten sind: *Bett-, Hosse-, Schnee-, Scherzebrunzer.*

Bumbel, rundliche, dicke Frau.

Butzdeiwel, hat eine neurotische Putzwut: *wann se hinne ferdich is mit de Butzerei, fangt se vorne widder aa.*

Butzsau, eigentlich etwas Doppeltschweiniges (*Butz* = ›Wutz‹, ›Schwein‹), jedoch meist scherzhaft Kindern gegenüber mit Bedeutung ›Schmutzfink‹.

Buweritsch, *-roll, -rolz(er, -ern), -rutsch, -schlegger, -schmegger(n)*, Mädchen, welches früh anfängt zu *bussiere*; Nymphomanin im Anfangsstadium.

C

Casanova, führt eine Strichliste über seine (oft nur vermeintlichen) Eroberungen und fühlt sich fürchterlich unwiderstehlich; verballhornt: *nasser Koffer.*

Chaise, *aldi (Scheeß),* abfälliger Name für ältere Dame.

Chaisegaul, *(Scheesegaul)* ist hölzern wie ein *Schoggelgaul*, schwerfällig wie ein *Aggergaul* und gutmütig wie ein Trakehner (Warmblüterrasse).

Chaot, wenn er loslegt, gibt es nur Verwirrung. Sie kennen ihn von ihrer Arbeitsstelle.

Charakterlump, ihm ist nicht über den Weg zu trauen.

Cheiß-, Druckfehler (oder regional-typische Fehlaussprache) für Zusammensetzungen mit verbalen Fäkalien; siehe unter Sch-.

Chores, (aus lat. chorus) Sammelbegriff für *Lumbezeig*, tritt auf als *Bettel-*, *Heide-*, *Lumbechores.*

Chrischtkindel, nicht ganz ernst zu nehmender Naivling, auch außerhalb der Weihnachtszeit anzutreffen.

Chrischtel vun de Poscht, Deckname Ihrer freundlichen Briefzustellerin.

Corps, (andere, unetymologische Schreibung: *Chor*) Gesellschaft, Gesindel. Mit positiver Bedeutung in: *»Mer Pälzer sin e luschdig Chor / un duschur voller Bosse«* (Lina Sommer).

Casanova

D

Daaborschel, eine ganz besondere *Orschel*, taub und tumb dazu.

Daabschnaggel, *sieht net gut, heert net gut un kann net dabber laafe.*

Daachdieb, stiehlt der Witwe Bolte die Brathähnchen vom Herd und anderen Leuten die Butter vom Brot.

Dabbele, auch: *Debbele*, stellt sich leicht *dabbisch* an, meist für Kinder gebraucht.

Dabbes, stellt sich noch *dabbischer* an, Alter unbestimmt.

Dappschädel, unbestreitbar ein Dummkopf, selten zu retten; auch: *Dappschaag.*

Dauerschwätzer, äußerst hartnäckiger Verwandter des *Babblers*.

Deegaff, »Teigaffe«, Spitzname für Bäcker und für jemanden, dessen Bildung in der Einbildung besteht; auch als *Deegknutscher, -nas, -schisser* bekannt.

Deiwel, luziferische Natur, mit der nicht zu spaßen ist.

Deiwelshex, *-luder, -mensch, -geeß,* wildes Mädchen — *»so e Gsteck!«*

Depp, stellt sich (noch) dümmer an, als er ist.

Derrappler, verbirgt sein drittes »r« verschämt in den Regeln der deutschen Orthographie, weil er, rappeldürr wie er ist, überhaupt nichts auf den Rippen hat. Mit zur Sippschaft gehören: *Derrarsch, -megges, -lewer.*

Dibbegugger, Küchenspion, der es nicht abwarten kann.

Dibbelschisser, auch: *-arsch, -meier,* penibler Bürokrat der unangenehmen Sorte, der es aufs Tüpfelchen genau nimmt.

Dickkopp, Variation: *Dickmasser,* läßt überhaupt nicht mit sich reden.

Dickmamsell und die artverwandten *Dickarsch, -bauch, -lies, -mobbel, -mops, -nudel, -panz, -wammes, -wambe, -rambel, -sack, -segger* zeichnen sich durch beträchtliche Leibesfülle aus.

Dierschlenkebutzer, Hausierer, Drücker u. dgl., früher mit *Schuhbändel* unterwegs, heute z. B. mit garantiert ökologisch erprobter Schmierseife, hergestellt im Behindertenwerk.

Doddel, benimmt sich wie ein Elefant im Porzellanladen.

Doddeler, Stotterer.

Doftel, Dummkopf besonders tumber Art; *»wann Dummheit weh deet, deet der de ganze Daach kreische«.*

Dogesklobber, *-makai, -makaimer,* ärgert sich als Pädagoge mit anderer Leute Kindern herum (aus jidd. *tachas* ›Hintern‹ und *makeinen* ›schlagen‹).

Dolbatsch, Tolpatsch, *stolwert iwwer soi eigene Fieß und hot zwee linke Händ.*

Dollbohrer, hochgradiger Einfaltspinsel; kleiner Bruder vom *Dolldibbel.*

Dolldibbel, großer Bruder vom *Dollbohrer.*

Dolwe, ungeschickter und unpraktischer Mensch, auch: *Dolwert, Dolwes.*

Dorfbaas, alias *Dorfbesem, -rätsch, -ratsch, -tratsch, -trommel,* bemüht sich ehrenamtlich um die Verbreitung von Nachrichten; ersetzt gewöhnlich die Landesschau; ihr Wahlspruch: »*Hoscht schun gheert?*«

Dorftroddel, seine Einfalt hat — ob in Dorf oder Stadt — nicht ihresgleichen.

Dormel, Schwächling, Leichtgewicht.

Drache, Lindwurm der germanischen Sagenwelt, gewöhnlich weiblichen Geschlechts, auch von Siegfried nicht zu bezwingen.

Dreck-, vielseitig verwendbares Schimpfnamenelement, wie man an der beachtlichen Anzahl von Bildungen erkennt: *Dreckarsch, -atzel, -bambel, -bändel, -barg, -bardel, -bele, -bolle, -berscht, -dulle, -ewer, -fergel, -fink, -forz, -gosch, -hammel, -hamschder, -hannes, -hund, -iggel, -joggel, -kaddel, -kerl, -labbe, -lies, -maul, -mensch, -mudder, -niggel, -nudel, -oddel, -ohr, -orschel, -peder, -pine, -pudel, -sau, -sack, -schlambel, -schlamp, -spatz, -schlappe, -schnauz, -schnawwel, -schnut, -schnuß, -schwanz, -seggel, -sogge, -stick, -wutz* etc., die alle weniger den Mangel an äußerlicher Reinheit als vielmehr die moralische Verderbtheit des/der so Bezeichneten beinhalten.

Drehbännel, übt immer Treu und Redlichkeit, jedoch ohne zu einem Ergebnis zu gelangen; auch bekannt als *Drehangel, -arsch, -binsel, -peder, -wendel.*

Drehbolze, leicht Weggetretener.

Drehschwanz, Umstandskrämer.

Driggeberger, drückt sich vor jeder Arbeit und Verantwortung, Faulenzer; Merke: *Schaffe dun se jo, die Faulenzer!*

Drufgänger, geht ran wie Blücher, ohne Rücksicht auf Verluste.

Druggemus(el), Spaßverderber, mundfauler Mensch.

Duckmaiser, charakterloser, heimtückischer Feigling, dem nicht zu trauen ist.

Dummbabbler, seine verbalen Ergüsse gehen auf keine Kuhhaut, fehlt an keinem Stammtisch. In manchen Gemeinden wird freitags das *Dummbabblergeld* ausbezahlt.

Dummbach, Dummkopf adeliger Herkunft aus der Familie derer »von Dummbach«.

Dummbeidel, wie der *Liege-* und *Sprichbeidel* nicht in der Pfalz beheimatet.

Dummerle, ein Kind, das im Tante-Emma-Laden »Haumichblau« kaufen geht.

Dummian, gegen seine Dummheit ist kein Kraut gewachsen.

Dummkopp, alias *Dappschädel.*

Dunzel, Frauenzimmer mit drallen Konturen, meist leicht überspannt; auch: *Dunzeldeinche.*

Dussel(kopp), unbeholfener Blödmann. Weibliches Pendant: *Dusseldier, -bawett.*

Dutt, *dummi D.,* einfältiges Frauenzimmer.

E

Egel, personifizierte Form der Abscheu, widerlicher Typ.

Eggeschisser, unentschlossener Zauderer ohne *Mumm.*

Eierkopp, etwas weltfremder Intelligenzler; ohne Bezug zur Kopfform.

Eilekaizel, Unterart der Eulen, nicht gerade attraktiv und etwas einfältig, Sonderling.

Eilespiggel, (»Eulenspiegel«) hat allerlei Schabernack im Kopf, *Hoschbes.*

Elbetritsch, alberne (»vom Alp getretene«) Person, verwandt mit dem Pfälzer Fabeltier.

Elwerdaddel, *-doddel,* nicht zum Aushalten einfältiger Mensch, »Elbentrütschenfänger«.

Endearsch, schwatzhafte Person, deren charakteristischer Wackelgang gut beobachtet ist.

Erbschleicher, kreist schon vor dem Ableben des Todgeweihten wie ein Geier um die Erbschaft.

Erbsezähler, kleinlicher Pedant, Geizkragen.

Errwisch, äußerst temperamentvolle, unstete Zeitgenossin, auch in männlicher Form bekannt.

Erz-, Steigerungsvorsilbe in *Erzfaulenzer, -gauner, -halunk, -liegner, -lump, -philischder, -spitzbu, -wildsau* u. dgl.

Esel, Langohr meist fortgeschrittenen Alters (*alder Esel!*) — und kann's nicht lassen.

Ewer, Ehemann (oder Lebensgefährte) der *Bachwutz* (siehe dort).

F

Faseler, auch: *Faselfritz, -hans, -kopp,* faselt andauernd dummes Zeug.

Fatzke, ist ganz schön von sich eingenommen, arrogant und dumm dazu; kann — wie das Wort selbst — nicht Pfälzer Herkunft sein.

Faulbelz, ist nur schwer zu motivieren, für sich oder seine Mitmenschen einen Finger krumm zu machen.

Faulenzer, *legt sich uf die faul Haut* — während andere das Bruttosozialprodukt vermehren.

Faxemacher, Spaßmacher, Klassenkaspar.

Feger, fegt in der Gegend herum, wobei die Umtriebe auch erotischen Zwecken dienen können.

Ferzbeitel, *-bu, -kligger, -klobber, -macher* haben alle *Ferz* im Kopp — und ebensolche im Namen. Übrigens ist *Ferz* keineswegs als Abkürzung für »Verzierungen« aufzufassen!

Fettarsch, *-bauch, -hammel, -klotz, -panz, -sack, -sau, -schwabbel, -wanscht, -wammes,* usw.; diese Namensgebung ergibt sich aus übermäßigem Bier- und Schweinshaxengenuß.

Fettmobbel, *-mops,* (meist kindlicher) kugelrunder Suppenkaspar vor der Fastenkur.

Fetze, *(liederlicher, schlechter F.),* unzuverlässige bis heruntergekommene Person.

Figgediwes, Schlauberger, auch: *Foggediwes* (aus lat. *Vocativus*)

Filou, hat's faustdick hinter den Ohren; französischer Herkunft (daher der Name!).

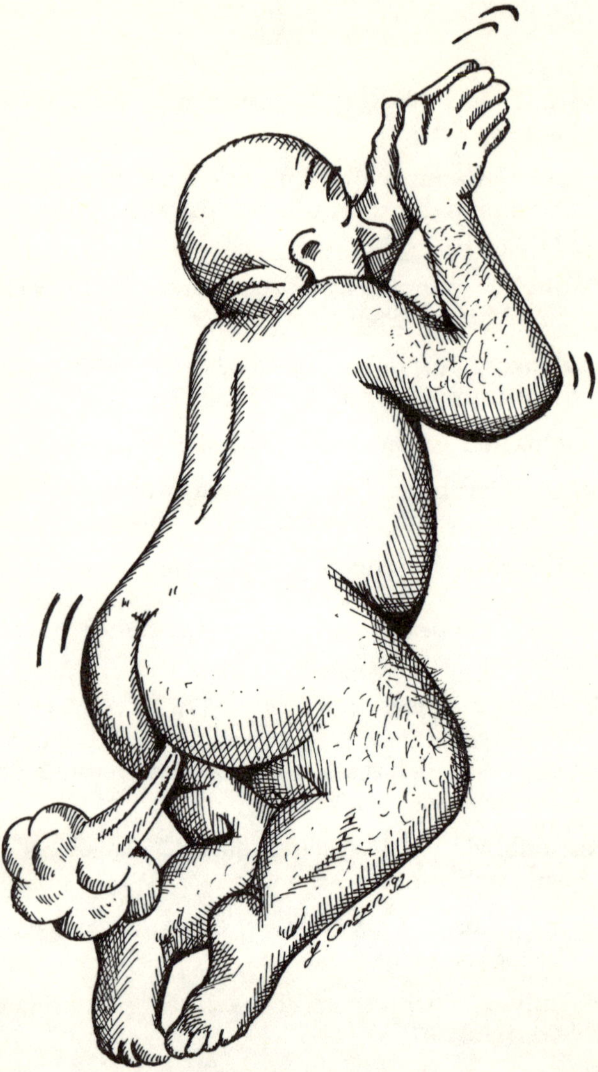

Forzathlet

Finzegigges, will mit feinem Benehmen und gewählten Worten Eindruck schinden.

Fitschegoogeler, tut fürchterlich vornehm.

Flabbes, hat das Arbeiten nicht gerade erfunden; *»am Daach gheert nix gschafft, daß ma nachts besser schlofe kann«.*

Fladderwisch, *F(l)edderwisch*, flatterhafter, leichtsinniger Mensch.

Flasch, Versager auf der ganzen Linie, größeren und kleineren Formats.

Flatscher, liederlicher Bursche mit schlechtem Benimm; auch: *Flatschniggel.*

Flenscher, weinerlicher, wehleidiger Mensch.

Flittche, erwachsene *Buwerolzern* ohne moralische Skrupel; trat während der amerikanischen Besatzung als *Amiflittche* auf.

Flohpeter, hat eine große Verwandtschaft ähnlich ängstlich und feige Veranlagter: *Flohforzer, -hammel, -haub, -huschder, -kerl, -nieser, -mops, -schisser.*

Floozer, oder: *Fleezer*, grober, unbeholfener, ungehobelter Mensch.

Forzathlet, macht viel Wind und nicht immer eine so gute Figur.

Forzdormel, »am vierten Tage endlich gar/ der Kaspar wie ein Fädchen war,/ er wog nur noch ein halbes Lot ...«

Frechdachs, liebevolle, z. T. vaterstolze Bezeichnung des heranwachsenden Nachwuchses (noch im vorpubertärem Stadium).

Freßkopp, auch: *Freßkuh, -maul, -meier, -panz, -sack, -wambe, -wanscht* stopft in sich hinein, was nur hinein geht.

Frierkatz, ein ausgesprochener »Kaltblüter«; kann gar nicht so schnell schnattern, wie er friert.

Frotzler, nimmt seine Mitmenschen gerne *uf die Schipp* und verbrennt sich dabei häufig den Mund.

Fuchdel, meist: *aldi F.*, bringt ihren Mann noch ins Grab.

Fuffzicher, *falscher F.*, »... wird mit einer Freiheitsstrafe nicht unter zwei Jahren bestraft«.

Fummler, Pfuscher; oder: Chef, der an der Sekretärin herumfummelt.

Fuscheler, Tätschler.

G

Galgestrick, *-schwengel, -voggel; hots fauschtdick hinner de Ohre.*

Gammel, weibliche Unperson, die durch folgende Beiwörter qualifiziert wird: *aldi, dummi, langi, fauli, läbbischi.*

Gammler, Herumtreiber ohne geregelte Arbeit; Feind des Establishments.

Ganf, *Ganfer(n),* klaut, was nicht niet- und nagelfest ist (aus jidd. *gannaw* ›Dieb‹)

Gängschder, eifert Al Capone, Bonnie & Clyde und Konsorten nach.

Gans, meist: *dummi G.*, »drum halten wir ihn für entschuldigt, daß er der dummen Gans gehuldigt«. Unterarten: *Brutsch-, Haal-, Hei(gawwel)-, Mai-, Sch(n)adder-, Speckgans.*

Gardezwerg, etwas zu klein geratener, mißgestalteter und/oder unsympathischer (Heinzel-)Mann.

Garniemand, völlig zu vernachlässigender Typ, *»kammer vergesse!«*.

Garscht, personifizierte Garstigkeit; in der Aussprache nicht von *Gascht* zu unterscheiden, aber als solcher in pfälzischen (Gast-)Häusern nicht erwünscht.

Gassebengel, *-bu*, Ergebnis mangelnder elterlicher Aufsicht.

Gasseengel, Weibsbild, das in der Öffentlichkeit einen guten Eindruck macht, aber daheim ein *Hausdeiwel* ist.

Gauner, gerissener Betrüger.

Geesbock, magerer und hochgewachsener Typ, der manchmal *stinkt wie en G.*; auch assoziiert mit Schneider Böck im *(Pälzer) Max und Moritz* (Meckmeck-meck).

Geizhals, *-krage, -hammel, -klowe, -knopp, -kopp* huldigt der »radix omnium malorum« (1. Tim. 6,10).

Gewidderoos, äußerst temperamentvolles Frauenzimmer.

Gift-, ungenießbarer Charakterbestandteil von allerlei unangenehmen Mitmenschen, als da sind *Giftbisser, -häbsche, -hannes, -hawwe, -keil, -kopp, -michel, -nessel, -niggel, -nudel, -zwerg* (mit deutlichem Hinweis auf Minderwuchs) u. dgl.

Giftmischer, Spottname für Mitglied der notleidenden Apothekerzunft.

Gipskopp, hat statt Stroh Gips im Hirn.

Glatzkopp, lebt — meist glücklich — nach der Devise: *Liewer e Glatz, wie gar kää Hoor.*

Glotzkopp, glotzt mit seinen Glotzaugen dumm in der Gegend herum.

Gluck, (z.B. *aldi, bleedi, närrischi G.*) weibliches Federvieh mit auffälliger Tendenz, sich ausgesprochen blöd zu verhalten.

Gnuschderer, auch: *Gnuschdergret, -iggel, -kopp, -sack*, zeichnet sich nicht eben durch übermäßige Sauberkeit aus.

Goggel, plustert sich auf, schlägt mit den Flügeln und kräht besonders schön, um die Aufmerksamkeit der im Hühnerhof anwesenden Glucken zu erheischen.

Goje, ältere, reichlich dümmliche Jungfer, (aus jidd. *goie* ›Nichtjüdin‹).

Golo, großer bzw. großmauliger Kerl, *scheler G.*

Gowel, komischer Zeitgenosse, immer zu Possen aufgelegt.

Graf Rotz, bildet sich wer weiß was ein, verwandt mit *Graf Googs; Graf Rotz vun de Spuckburg.*

Gramm(e)ler(n), auch: *Grammeleise, -sack* hat immer und an allem etwas auszusetzen.

Grasaff, eitler, unreifer Tölpel.

Griescheißer, *-specht,* Uzname für deinen Freund und Helfer; als direkte Anrede eines Polizisten unbedingt zu vermeiden!

Griesgram, *Griesgrämer,* Mensch mit negativer Ausstrahlung.

Griwwler, *alder G.,* grübelt unnötigerweise über alles nach.

Großgosch, Angeber, bei dem die Größe der Mundöffnung umgekehrt proportional zum Gehirnvolumen ist, auch: *Großhans, -krischer, -maul.*

Großmogul, großspuriger Angeber.

Grummbeer, *aldi, dabbischi G.,* kleineres, dickliches, weibliches Knollengewächs.

Grummler(sin), ist mit überhaupt nichts zufrieden und hat immer etwas auszusetzen.

Gschweeß, *s ganze G.,* Sammelbezeichnung für eine Ansammlung besonders geschätzter Mitmenschen; Bagage.

Gsteck, freches Mädchen.

H

Haagseecher, »das arme Dorfschulmeisterlein«, meist Mitglied in der GEW.

Haalgans, dumme und/oder große Frau.

Häämducker, heimtückischer Mensch, *Duckmaiser.*

Häämlichduer, Geheimniskrämer, der sich unheimlich wichtig vorkommt.

Häbgedrehter, langsamer und ungeschickter *Iwwerzwercher.*

Haffedampnudel, korpulente Weibsperson mit beachtlicher Oberweite.

Haffegugger, s. *Dibbegugger; bloß daß er halt anstatt in de Dibbe in de Haffe guckt.*

Halbdepp, *-idiot*, sprachlich zwar nur eine halbe Portion, steht in der Wirklichkeit jedoch seinen ganzen (Blöd-)Mann.

Halbgebaggener, unreifes Bürschchen.

Hallodri, huldigt dem *dolce far niente* und ist ein Hansdampf-in-allen-Gassen.

Halsabschneider, skrupelloser Geschäftemacher; *verkaaft em Deiwel sei eigeni Großmudder.*

Halunk, je nach Gegenüber Gauner bis Lausbub.

Hambambel, *Hamballe*, nachlässig wie er ist, läßt er alles, einschließlich sich selbst, *bambeln* (hängen).

Hamdamdudel, ungeschickter Kerl, hoffnungsloser Fall.

Hanndolle, *Hanndoddel*, ein fürchterlicher Einfaltspinsel.

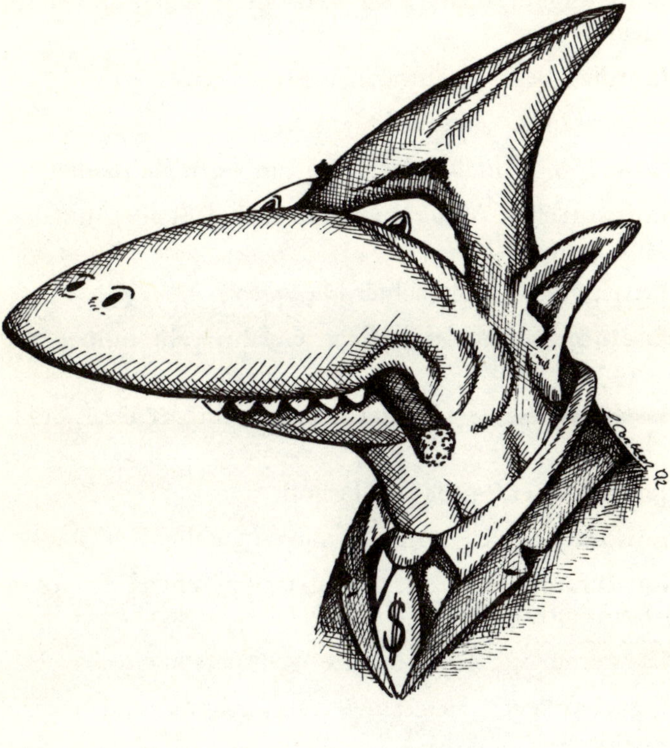

Halsabschneider

Hannebambel, *Hannbumbel, -doddel* nachlässiger, unordentlicher, träger, langweiliger Mensch; eigentlich Johann, der seine Glieder *bamble* läßt.

Hännelstifter, Streithahn nach dem Motto: *»Numme kään Streit vermeide«.*

Hannewaggel, närrischer Kerl oder kleines, dickliches Kind.

Hannhambes, geschwätziger Mitbürger.

Hannrabores, alberner Mensch.

Hansdapp, einfältiger Typ, tritt in jeden Kuhfladen.

Hansworscht, Vetter vom *Hansdapp,* läßt alles mit sich machen.

Hartriggel, ausgemachter *Dickkopp.*

Hasefuß, vermeidet jegliche Gefahr, geht immer auf Numero Sicher.

Hasehern, seine Hirnmasse entspricht der eines Stallhasen.

Hassardischer, gehässige Person.

Hausdrache, Kosename für die »ehemalige Verlobte«.

Haustyrann, Vertreter des patriarchalischen Prinzips in Reinkultur.

Hawwergeeß, große, magere Weibsperson.

Heggebankert, Steigerung von *Bankert* (stand besagte Bank in der Hecke?).

Heggeschisser, begeisterter Wanderfreund; zu beobachten entlang der Strecke pfälzischer (und anderer) Volksmärsche.

Heidud(d)el, äußerst ungeschickter Mensch, gegen dessen Dummheit selbst Götter vergeblich kämpfen.

Heilarsch, *-lies, -peder, -sus,* hat zu nahe ans Wasser gebaut.

Heini, Synonym für Depp.

Henkarsch, eine trübe Tasse ohne Selbstvertrauen oder Energie, die sich manchmal auch durch eine charakteristische Gesäßanatomie auszeichnet.

Hergeloffener, nicht ansässiger Unsympathischer.

Heringsbändicher, Fischverkäufer.

Hernsteeßer, *-pigger, -wubber,* unnachgiebiger Starrkopf, will mit dem Kopf durch sämtliche Wände.

Herrgottstrendler, Faulenzer, der den lieben Gott einen guten Mann sein läßt.

Hewwel, grober Kerl, nicht nur im Odenwald beheimatet!

Hex, z. B. *aldi H.*, bösartige, zänkische Frau.

Hinkel, *verrickdes, scheeles, dabbisches H.*, Haushuhn, bzw. Frauenzimmer, das nicht ganz ernst zu nehmen ist.

Hinnedrufsteller, einer, der nie eine Runde Bier zahlt und nur bei anderen *schnorrt.*

Hinnerfotzicher, hinterlistiger, raffinierter Kerl.

Hitzeblitz, aufgeregter, leicht erregbarer Typ; auch: *Hitzdeiwel, -kopp, -narr, -niggel.*

Hobbdiddel, unzuverlässiger Kerl, auf den kein Verlaß ist.

Ho(u)do(u)tel, ist so ungeschickt, daß er *iwwer soi eigene Fieß stolwert.*

Hoggebleiwer(n), jugendliches Opfer schulischer Repression (»wird nicht versetzt«).

Hogger(n), Person mit unwahrscheinlichem Sitzfleisch (»nach Hause gehn wir nicht, bis daß der Tag anbricht«).

Hohlkopp, *dumm gebore un nix dezugelernt.*

Hohlwambe, *-hannes*; *bei dem geht als noch was noi.*

Hollebobbel, *-figgel, -peder, -stolle, -vernsel*, ausgemachter Einfaltspinsel.

Holwel, *Holwer*, ungeschickter, schusseliger Mensch.

Holzbock, *-klotz, -kopp*, stur und schwer von Begriff.

Holzworm, Mitglied der Schreinerinnung.

Hooge, große, ungelenke, oft halbverrückte männliche Person, tritt besonders auf als *Brot-*, *Klamm-*, *Knodder-* und *Owwerhooge*.

Hooreil, Struwwelliese (»Haareule«), Dame mit übermäßigem und unordentlichem Haarwuchs.

Hoorspalter, widmet sich allen Problemen (z. B. auch dem der Haarspaltung) mit spitzfindiger Akribie und ausnehmender Rechthaberei.

Horneil, ist an Häßlichkeit kaum noch zu überbieten.

Hornochs, ist so blöd, daß es weh tut.

Hoschbes, zappeliger Dummkopf.

Hossebacheler, *-brunz(er), -rappler, -seecher*, hat Schwierigkeiten, die Blasenschließmuskel zu kontrollieren.

Hossescheißer, kleiner Bub, den man nach geschehenem Unglück folgendermaßen veräppelt: *»Bimbumsfallera, bimbumsfallera, in die Hosse hot er gschisse, und gebrunzt hot er aa.«*

Hosseschisser, Angsthase, der vor lauter »Feigheit vor dem Feind« die Hosen gestrichen voll hat.

Hossjee, Lausbub; aus *Hose* + frz. Endung *-ieur.*

Huddel, *e ausgemachdi Schlamp.*

Huddler, einer, der unordentlich und überhastet arbeitet und dabei pfuscht. Daher: *numme net huddle*! Besonders treffend als *Huddelschnuddel* bezeichnet.

Hund, Tierschimpfwort mit hoher Frequenz, vor allem in Verbindung mit schmückenden Beiwörtern, z.B. *armer, bleeder, dabbicher, dummer, falscher, fauler, geizicher, gerissener, grindicher, krummer, letzer, neidischer, rotzicher, schebber, scheeler, verfressener, zottlicher*, u.dgl.

Hundsbrode und jede Menge abschätzige Zusammensetzungen, wie *Hundsbuggel, -darm, -drache, -deiwel, -glaser, -hund, -joggel, -kerl, -klowe, -kopp, -knoche, -luder, -narr, -nas, -peder, -schode, -vadder*, zeigen die Verbundenheit des Menschen mit dem braven Haustier.

Hundsfott, *elendicher H.*, sehr derbe Bezeichnung eines gemeinen Schurken.

Hunnertfümfesibzicher, Anhänger der gleichgeschlechtlichen Liebe, der zu weniger aufgeklärten deutschen Zeiten mit einer Bestrafung nach dem ehemaligen § 175 StGB rechnen mußte, *Homo.*

Hurebock, einer, der aus einem Bett ins andere steigt, auch *Hurebankert, -bulle, -hengscht, -kerl, -seggel, -voggel* genannt.

Huremensch, (das *H.*, jedoch weiblichen Geschlechts) gesellt sich mit kopulativer Absicht dem *Hurebock* (siehe oben) zu.

Hurras, Draufgänger(in), mannstolles Weibsbild.

Huschel, nicht minder mannstolles Weibsbild.

Hutsimbel, Steigerungsform von *Simbel*, Einfaltspinsel.

Huzzel, *aldi H., Huzzelweib*, abfällige Bezeichnung für eine kleine, unattraktive, ärmliche Frau.

I

Iddi, Abkürzung für das folgende Schimpfwort.

Idiot, es wäre idiotisch, dieses Schimpfwort erklären zu wollen; nicht selten im Sinne treffender Selbsteinschätzung gebraucht: »Ich Idiot!«.

Indelligenzbolze, *-beschdie*, einer, dessen (vermeintlich) hoher IQ kaum noch auszuhalten ist.

Ische, altes Frauenzimmer; aus jidd. *ischa* ›Frau‹.

Isidor, ein *lahmer I.* hat das Pulver auch nicht erfunden.

Itzich, aus dem jüd. Vornamen Isaak, ein schlitzohriger Schlaumeier.

Iwwergscheider, hat zu viel (und vor allem zu lange) studiert und steht daher im Urteil seiner »normalen« Zeitgenossen in der Gefahr *iwwerzuschnabbe*.

Iwwerkandiddelder, ist etwas »etepetete« und bildet sich darauf noch etwas ein.

Iwwerzwercher, leicht daneben und verschroben.

J

Jachdmacher, macht viel Lärm — meist um nichts.

Jammerlabbe, typisch Deutscher, der sich ewig darüber beklagt, in jeder Hinsicht zu kurz gekommen zu sein, und vor Selbstmitleid dahinschmilzt; tritt in ehelicher Zweisamkeit mit der *Jammergeeß* auf.

Jammerschinke, keine typische Pfälzer Wurstart, sondern eine bedauernswert magere Gestalt.

Janduff, besonders gerissenes Schlitzohr.

Jaunerer, hält die Welt grundsätzlich für ein Jammertal und fühlt sich mit der Gleichgesinnten *Jängerlies (Jaunerlies)* am wohlsten.

Jeschdesmacher, klopft gerne Sprüche und macht Faxen.

Jochnachel, ungeschickter, unbeholfener Mensch, bei dem man am liebsten nachhelfen würde; auch: Geizhals.

Joggel, pfälz. Name für Jakob den Dummen (öfters belegt); läßt sich ausnützen und macht, indem er anderen den *Joggel* macht, seinem Namen Ehre.

Judas, verkauft auch für 29 Silberlinge seinen besten Freund.

Juxmacher, *-voggel*, ist zu allerlei Schabernack aufgelegt (*Jux* aus lat. *iocus* ›Scherz‹).

K

Kaffer, *weeß net, was sich gheert*; treffend auch *Busch-* und *Mordskaffer* genannt.

Käfferjergel, Georg, der Käfer (oder dgl.) im Kopf hat.

Kagger, ein rechter Trottel.

Kakademiker, Spottname für eingebildeten Universitätsabsolventen.

Kalbmoses, dumm, dümmer, dümmer geht's nicht.

Kalfagder(er), ein übler Verleumder, der nur Schlechtes über seine Mitmenschen verbreitet.

Kamel, ein blödes Trampeltier, bei dem das Streiten, ob es ein oder zwei Höcker hat, völlig zwecklos ist; je nach Größe *Mords-*, *Rand-* oder *Rindskamel* genannt.

Kamuffel, blöder Kerl; *Rindskamuffel*: blöder Kerl in Potenz.

Kanaille, Schurke, Gauner, aus frz. *canaille* (aus lat. *canis* ›Hund‹); »Franz heißt die *Kanaille*«.

Kanuff, Gauner, Schurke, Schlauberger, u. dgl., (aus jidd. *ganew* ›Dieb‹).

Kanzelschwalb, fällt durch häufigen Kirchenbesuch auf (und Kirchenfremden auf den Wecker).

Karbolmaisel, junge Krankenschwester.

Kaschber, Spaßvogel; in der Schulklasse: *Klassekaschber*.

Katzuff, Schimpfwort für den Metzger (aus jidd. *kazow* ›Fleischer‹).

Keib, ein schlechter Kerl, dem nicht über den Weg zu trauen ist.

Kamel

Kernerfresser, ideologisch verbiesterter Müslifreak, zur asketischen Selbstkasteiung neigend.

Kibbestecher, sammelt(e) Zigaretten»kippen«, um sich daraus neue Glimmstengel zu drehen.

Kicheschaab, Küchenpersonal(chefin).

Kimmelspalder, Haarspalter, auch Geizhals, der jeden Pfennig dreimal umdreht.

Kinnerschreck, bringt im Hof Schilder mit der Aufschrift an: Jegliches Ballspielen verboten, Kinder haften für ihre Eltern!

Kinnskopp, verhält sich reichlich kindisch angesichts seines reifen Alters; wird wohl nie so ganz erwachsen werden.

Kläänichkeitskrämer, kleinlicher Pingel.

Klatschbas, oder: *-dande, -maul, -weib,* schlicht ein böses Weib, welchem man kein Geheimnis anvertrauen kann; ohne männliches Äquivalent.

Klotzkopp, besonders harter Dickschädel.

Klowe, roher, ungehobelter, ungeschickter Kerl.

Klugscheißer, weiß alles besser, so als ob er die Weisheit mit Löffeln gefressen hätte.

Knagger, *alder K.*, wenig freundliche Bezeichnung für älteren Mitbürger.

Knallkopp, mildes Urteil gegen einen ziemlich verrückten Kerl.

Knauser, gibt für die Caritas nur 20 Pfennig.

Knewwerhex, *-hannes, -sack,* nörgelt bis zum Geht-nicht-mehr.

Knibbes, kleiner Knirps oder egoistischer Typ.

Knicker, *Knickser*, Geizkragen *bis dort naus.*

Knoblauchfresser, verbreitet eine vom Genuß der Knoblauchzehe herrührende Aura um sich.

Knochefligger, *-pfuscher*, Uzname für den Dr. med. in Landpraxis.

Knoddelkärchler, abfällig gegen jmd., der in einem Karren Pferdeäpfel (*Gailsknoddel*) sammelte, um sie im Zeitalter des voralternativen Gartenbaus biologisch-dynamisch einzusetzen.

Knodderer, und *Knodderarsch, -haffe, -dibbe, -hannes, -lies* haben einfach an allem und jedem etwas auszusetzen.

Knoddler, pfuscht immer nur ohne sichtbaren Erfolg herum.

Korindekagger, macht als notorischer Kleinigkeitskrämer nur ganz kleine Häufchen.

Kracher, *alder K. (Kragger)*, Grauer Panther in Angriffsstellung.

Kräckser, wehleidiger, kränklicher Mensch.

Krageeler, macht lautstark und notorisch auf sich aufmerksam.

Kraiderhex, waldläufige Sammlerin von Heilkräutern.

Kratzberscht, *-dischdel*, widerspenstiges, unleidliches Weibsbild, dessen Zähmung unter Garantie hoffnungslos ist.

Krauder(er), ein *Krubber*, der absolut nichts fertig bringt.

Krautkopp, Dummkopf.

Krawallschachdel, lauter Wichtigtuer.

Kribbel, kleiner Bub im Konflikt mit der älteren Generation.

Krischer, Schreihals; *Pälzer K.*, völlig unpassende Benennung der pfälzischen Urbevölkerung in Verkennung ihrer gepflegten Artikulation; vgl. schon die bösartige Unterstellung des Freiherrn Adolf v. Knigge (1751–1796): »Die mehrsten Menschen hier [d. h. in der Pfalz] schreien in einer Mundart, von der man nicht recht weiß, ob man sie für deutsch oder wofür sonst halten soll«.

Krutze, Jungpfälzer.

Kuddebrunzer, Mönch; vgl. auch: *aus de Kutt ghupst* für einen aus dem Orden ausgetretenen Mönch oder laisierten kath. Geistlichen.

Kuh, *aldi, bleedi, dummi* usw., heimisches Rindvieh.

Kurpuscher, Arzt, der wie Dr. Eisenbart die Leute nach seiner Art kuriert; Heilpraktiker.

L

Laafarsch, unruhige Natur, deren untere Extremitäten immer in Bewegung sind.

Labbedoddel, auch: *-duddel,* feiger, schlaffer, läppischer Kerl.

Labbel, *Labbes,* fauler, träger, nachlässiger Mensch.

Lackaff, eitler Geck.

Laggel, Rüpel ohne Manieren, oft von beträchtlicher Körpergröße.

Lahmarsch, bewegt nicht nur diesen Teil seines Körpers äußerst langsam.

Lamedierer, jammert (»lamentiert«) ohne Unterlaß.

Langmaul, wählerischer und naschhafter Schnäker.

Langschläfer, kommt morgens nur unter Zuhilfenahme eines *Hebgscherrs* aus dem Bett.

Langweiler, ist nicht gerade die Seele einer Abendgesellschaft.

Lapp(arsch), Feigling im Quadrat.

Laschder, lasterhaftes, böses Weib.

Latsche(l), langer, hochaufgeschossener Kerl.

Lausbu, *Lauskerl* (männl.), *Lauskrott* (weibl.), ist immer zu allerlei Streichen aufgelegt.

Lauser(t), schlitzohriger Bub, dem man den Kopf zwischen die Ohren stecken könnte.

Lauwendreyer, verrichtet sein Werk nur langsam und widerwillig.

Lawaatsch, geschwätziges Waschweib.

Lazaroner, Bettler, Landstreicher, Herumtreiber.

Leisetreder, ist ziemlich sanft beseidet und ohne jegliche Zivilcourage.

Leitschinner, piesakt und beutet seine Mitmenschen aus.

Liederjan, *Liedrian*, liederlicher Kerl.

Liegebeidel, *ääner, wo liegt wie gedruckt*, beim Lügenwettbewerb in Gemeinschaft mit folgenden Typen anzutreffen: *Liegebock, -buggel, -bindel, -deiwel, -franz, -fritz, -gosch, -hannes, -maddes* (Matthias), *-maul, -belz, -peder, -säger, -sager* und dem gemeinen *Liegner.*

Linsespalter, *-zähler*, Geizhals, Knauser.

Loddel, nachlässiger, liederlicher, verkommener Kerl; auch *Lodder(arsch)* genannt.

Luder, gerissenens Weibs- oder Mannsbild.

Lufdigus, oberflächlicher, leichtsinniger und großtuerischer Mensch.

Lulatsch, *langer L.*, hochgeschossener, junger Mann, der meist gerne Auskunft darüber gibt, wie weiter oben das Wetter ist.

Lump, Einzelexemplar in einer ganzen Galerie von Lumpengesindel *(Lumbebagage, -chores, -corps, -pack, -zeig)*, vor allem *Lumbeaas, -arsch, -hund, -deiwel, -dier, -krott, -mensch, -sammler, -seggel, -zibbel; Haderlump.*

M

Macher, *Mecher*, auch: *Magger*, äußerst unternehmungslustiger Kapitalist.

Mädcheroll, *-rolz(er), -schmegger, -schmegges* (auch *Mädel-, Märe-*), weibstoller Mann, der jedem Rock nachläuft.

Maisel aldi Ratt, kein eigentliches Schimpfwort, vielmehr weitverbreitete Bezeichnung der besseren Ehehälfte (u.a. von B.K.H.).

Mammekind(el), lascher Typ, der Schwierigkeiten hat sich abzunabeln.

Mannweib, Frauensperson mit herrischen, maskulinen Einschlägen.

Maschien, *aldi, schweri M.*, temperamentvolle, schwergewichtige Frau.

Massik, störrischer Mensch, Dickkopf.

Mattarsch, Schwächling.

Maulaff, einfältiger und frecher Tollpatsch.

Maulfechter, macht viel Worte.

Meggerer, *Meggergeeß, -hannes*, ihm/ihr kann man nichts recht machen.

Memm, Feigling.

Mensch, grammatisches Neutrum weiblichen Geschlechts; zu verbinden etwa mit folgendem pfälzischem Beiwerk: *bees, doll, lidderlich, mannsleitnärrisch, raffiniert, schlecht, verdammt, verdorwe, verloche, wiescht* usw.

Miesepeder, kann einem die ganze Laune verderben (aus jidd. *mis* ›schlecht‹); auch: *Miesmacher.*

Milchbart, unerfahrener Heranwachsender mit nur flaumigem Bartwuchs.

Minchhause, Aufschneider, der mindestens achte auf einen Streich erledigt hat; fehlt an keinem Stammtisch.

Mischtbauer, *-käffer, -kerl, -ridder,* abwertende Bezeichnung für den Landwirt.

Mischtgawwelbaron, Neureicher, der trotz größter Anstrengung seine bäuerliche Herkunft nicht verleugnen kann.

Mobbel, dicke, rundliche Person.

Mollekopp, sturer Mensch, Dickkopf.

Mondkalb, begriffsstutzige, einfältige Person, *dummer wie die Bolizei erlaubt.*

Mudderbiewel, Muttersöhnchen.

Muffel(kopp), unfreundlicher, ungeschliffener Spielverderber.

Muffler, Vielfraß.

Muhhaggel, *-kalb,* dummer und bornierter Mensch; *is so dumm, daß er brummt.*

Murkser, schlampiger Handwerker; von wegen deutsche Wertarbeit!

Muschgedunner, aufgetakelte aber grundhäßliche und eingebildete Frau (aus frz. *mousqueton* ›Flinte‹ + Donner).

Muschgelprotz, stolzes Ergebnis von unsinnigem Bodybuilding.

Mutzhaffe, *-kopp,* mürrischer Zeitgenosse.

Muschgelprotz

N

Nachtwächder, einer, der nicht einmal das »Hört-ihr-Herrn-und-laßt-euch-sagen« auswendig singen kann.

Nackarsch, ein Bankrotteur auf der ganzen Linie.

Nängerer, ein wehleidiges Kind, dessen Eltern einem mindestens genau so auf die Nerven gehen; auch nörgelnder Zeitgenosse; einige Zusammensetzungen: *Nängerarsch, -liesche, -mailche, -nessel, -sack.*

Narr, Mitglied des von den Fastnachtsgilden unnötig aufgewerteten Berufstands der Verrückten, wie er in den Spezialformen als *Narrebeidel, -bleß, -gogel, -franz, -kaschber, -kopp, -zibbel* auftritt.

Nasegriwweler, bemüht sich, beim Nasenbohren möglich hoch hinaufzukommen und versendet nach erfolgreichem Abschluß der Aktion Ansichtspostkarten.

Naseweiß, steckt seine Nase in anderer Leute Angelegenheiten.

Natz(e)ler, ein Quälgeist der Sonderklasse.

Nauwekopp, ein eigensinniger Typ, über dessen Anschauungen man nur staunen kann.

Neijohr, *Dabbisch N.*, erweist sich vom 1. 1. bis zum 31. 12. d. J. als ungeschickte(r), tölpelhafte(r) Vertreter(in) des Menschengeschlechts.

Neidhammel, auch *-deiwel, -hawwe, -hals, -krage, -sack, -voggel, -wurm, -zahn*, kann es nicht verwinden, wenn die Nachbarschaft schon wieder einen neuen Rolls Royce anschafft.

Nervesäg, geht einem auf den Wecker.

Nieselpriem, ein alberner und mürrischer Griesgrämer.

Niggel, heimtückischer Mensch, tritt in zahlreichen Zusammensetzungen auf (z. B. *Dreck-*, *Flatsch-*, *Gift-*, *Olwer-*, *Rotz-*, *Schloof-* usw.), wobei unklar ist, wie der *Belseniggel* da hineingerutscht ist (aus: Nikolaus).

Niggut, wäre Eichendorff Pfälzer gewesen, hätte er seiner Novelle den Titel *Aus em Lewe vun eme Niggut* gegeben; Glossierung für literarische Nieten: Taugenichts.

Nixduer, dreht lieber Däumchen als sich die Finger schmutzig zu machen, trägt Null zum Bruttosozialprodukt bei.

Nixnutz, taugt wirklich nichts.

Noochbeder, weder das Gegenteil eines Vorbeters, noch irgend sonst etwas Frommes; plappert die Meinung anderer nach.

Nudel, Teigware meist weiblichen Geschlechts, nicht zum Verzehr geeignet (*verrickdi, ulgischi, geizichi N.*).

Nuß, entsprechend den Beiwörtern (*bleedi, dääwi, doofi*) zu beurteilender Dummkopf.

O

Ochs, »kastriertes männliches Rind« (Duden), wobei sich das Merkmal »kastriert« hier ausschließlich auf die Intelligenz bezieht. Näher bekannt als *Biffel-*, *Drick-*, *Hei-* und *Hornochs.*

Ochsetrampel, auch: *-biffel, -joggel, -maul, -pandoffel, -stoffel*, ungeschickter Mensch, der in jeden Kuhfladen trampelt.

Offehogger, *-hutsch(el)*, »mancher hinterm Ofen sitzt und dabei die Ohren spitzt ...«

Offiziersmatratz, Soldatenhure.

Ohrebläser, bläst anderen Nachteiliges über seine Mitmenschen in die Ohren.

Ohreil, Struwwelliese; eigentl. *Hooreil.*

Oifaltsbinsel, läßt sich jeden Bären aufbinden.

Olwer, oder: *Olwel, Olmer*, eckt überall wegen seiner schlechten Manieren an. Steigerungen: *Olwerkolwe, -stock, -niggel.*

Orschel, Verballhornung des schönen Vornamens Ursula; besonders mit den Adjektiven *dumm* und *daab* verwendet.

Otleff, als einfältiger und unbeholfener Typ ist er nicht umsonst in der alphabetischen Nachbarschaft von *Olwer* und *Oifaltsbinsel* anzutreffen.

Owwermächer, die geborene Führernatur, konkurriert mit dem *Owwerbärmes, -fax* und *-maschores.*

Pantoffelheld

P

Pack, wie heißt es so schön: Pack schlägt sich, Pack verträgt sich.

Paffesack, wenig schmeichelhafte Benennung für den Ortsgeistlichen.

Pandoffelheld, lebt als Opfer weiblicher Dominanz im inneren Exil unter dem häuslichen Küchentisch.

Panscher, auch in der Pfalz nicht unbekannter Wein-Krimineller.

Pennbruder, Schlafhaube, verschlafen bis dorthinaus.

Penner, wohnsitzloser Land- und Stadtstreicher.

Penning(s)fuchser, auch: *-drigger, -quetscher, -spalter,* Geizhals, der jeden Pfennig dreimal umdreht.

Petz, verpfeift die anderen hemmungslos.

Petzhernche, auch: *-kopp,* eigensinniger Streithammel.

Phrasedrescher, hält sich für äußerst beredt und dazu berufen, die Menschheit mit seinen hohlen Phrasen zu beglücken.

Piens(er), auch *Piensgret, -lies, -kopp, -krott* genannt, hat sehr nahe ans Wasser gebaut.

Pilledreher, schöner alter Uzname für den ehrbaren Apothecarius.

Pimperliß, verzogenes, weinerliches, jüngeres weibliches Wesen.

Pingschtochs, aufgetakelter, eitler Geck, der *gebutzt is wie en Pingschtochs.*

Pinkel, ein *foiner P.* hält sich selbst für gesellschaftlich besonders hervorragend.

Plänmacher, schneidet gerne auf.

Plattfußindianer, fußkranker pfälzischer Ureinwohner.

Plattkopp, Glatzkopf.

Pleigert, ein ganz und gar schlechter Kerl.

Poddekrämer, seine Gesichtshaut ist von Mitessern verunstaltet; auch: *Pottloch, -niggel*, abgeleitet von *Potten* (›Mitesser, Pickel‹).

Portion, *halwi*, physisch bemitleidenswerte Gestalt, der man gerne an Körpergröße und -gewicht nachhelfen würde.

Professer, zerstreut von Berufs wegen.

Profitmacher, *-michel,* ist nur auf seinen eigenen Gewinn aus.

Prograder, ein richtiger Maulheld, der immer Recht haben muß (aus lat. *procurator).*

Prolet, Relikt aus den Zeiten des real-existierenden Sozialismus; versäumte es, sich anweisungsgemäß mit den Vertretern aller Länder zu vereinigen.

Protz(er), fährt einen (nur anbezahlten) Sportwagen mit Metalliclackierung, trägt einen (entliehenen) Nerz und schmeißt mit dem Geld (anderer Leute) nur so um sich.

Puscher, meint, in jedem Handwerk bewandert zu sein, kriegt aber nichts richtig hin.

Q

Quacksack, Schreihals.

Quacksalwer, Dr. med. Kurpfuscher.

Quadratesel, *-laggel, -simbel,* potenzierte Vertreter ihrer Art, bezeichnenderweise nicht nur in den Mannheimer Quadraten anzutreffen.

Quälgeischt, geht einem mit seiner unverschämten Quengelei auf sämtliche Wecker; auch: *Quäldarm, -eise, -sack.*

Qualler(arsch), Gesäß und Statur dieses Mannes sind gar übermäßig proportioniert.

Quammer, so etwas wie ein Fettsack.

Quardalsaifer, besäuft sich mindestens einmal im Quartal sinnlos.

Quaschdersack, ein Sack ganz besonderer Art: dick, frech und faul.

Quasselstribb, *-fritz, -kopp, -maul, -peder,* ist kaum zu bremsen.

Quatsch(bagge), *-dippe, -sack,* zeichnet sich durch Geschwätzigkeit besonderer Art aus.

Quatschkopp, seine/ihre Geschwätzigkeit ist gepaart mit einer gehörigen Portion blanken Unsinns.

Quelles, dicker, ungeschlachter Kerl.

Quengler, liegt den Mitmenschen mit seiner dauernden Nörgelei in den Ohren.

Quertreiwer, eigensinniger Spielverderber, auch: *Querkopp, -schädel.*

R

Rabbelkopp, unberechenbarer, launischer Halbdepp.

Radfahrer, kauft sich zum Zwecke des beruflichen Fortkommens jedes Jahr ein neues Mountain-Bike.

Ragger, trauriges Ergebnis antiautoritärer Erziehung.

Raiwer, fast liebevoller Name für einen kleinen Teufel.

Rammler, zwanghafter Beischläfer; hat mit dem gemeinen Stallhasen das Bedürfnis nach häufiger Begattung gemeinsam.

Rätsch(bas), *-babbel, -dande, -kaddel* (aus *Katharina*), *-maul, -weib,* sind alle dem Klatsch und Tratsch zugetan und bilden zusammen eine *Rätschkompanie.*

Rauhbauz, grober und durchtriebener Flegel.

Rechthawwer, Dickkopf, der stur auf seinem Standpunkt beharrt und kein bißchen Selbstkritik übt.

Reff, altes, zänkisches Weibsbild.

Regiments-, mit diesem militärischen Element lassen sich allerlei Schimpfwörter weiter steigern, z. B. *Depp, Faulenzer, Hur, Liegner, Lump, Sau, Schoof.*

Reibeise, widerborstiges, zänkisches Weib, deren Ehemann meist deutliche Reib- und Kratznarben aufweist.

Reißdeiwel, vor ihm ist nichts sicher, da er mit kindlicher Freude alles »liefert«.

Rhinozerus, Säugetier besonders schwerfälliger und verrückter Art.

Rindsbeidel, *-biffel, -goggel, -kalb, -kambiffel, -kamel, -kamuffel, -nawwel,* Schimpfwörter für besonders beschränkte und unbeholfene Typen; weniger gewählt: *Rindvieh.*

Ripp, *aldi, derri R.*, große hagere Frau ohne Fettreserven für Notzeiten.

Ritsch, mannstolle Frau.

Riwwel, Rüpel.

Roigeritschder, *-geloffener, -gschlenkerder, -gschmeckder,* verhindert als Neubürger das vermehrte Auftreten von Inzucht im pfälzischen Dorf.

Rollmops, Mops zum Rollen.

Rotz-, Bestandteil vielfacher mit Nasenschleim in Verbindung zu bringender unappetitlicher Charaktere, wie z. B. *Rotzaff, -bambel, -bengel, -bu, -bankert, -fresser, -iggel, -käwwer, -kopp, -labbe, -leffel, -nas (Frieher hawwe die Kinner Rotznase ghabt, heit hawwe die Rotznase Kinner), -niggel*; zu *Rotzer* vgl. den Reim »*Frecher Rotzer, Ofeglotzer, Kerscheblotzer, Zigarblotzer, Gallekotzer*«.

Rumtreiwer, treibt sich ohne Sinn und Ziel in der Gegend herum.

S

Sack, beliebtes Schimpfwort für träge, dicke, lästige und sonderbare Menschen. Seine Verbreitung zeigt sich auch an der hohen Zahl von Zusammensetzungen mit *-sack*, von denen das *Pfälzische Wörterbuch* allein 78 (!) verzeichnet.

Säftel, ein Bürschchen, dem man nicht recht trauen kann, Dummkopf; vgl. das Wortspiel: Du bist kein Wilhelm Tell, sondern ein Säf-tel!

Safthoini, hat mit Saft überhaupt nichts zu tun, genauso wenig, wie ein *Saftneger* afrikanischen Ursprungs ist.

Sau, das gemeine Hausschwein, versehen mit den Adjektiven *alt, faul, scheel, stinkisch* usw., erfreut sich in pfälzisch-schimpfologischer Hinsicht allergrößter Beliebtheit; begegnet in einer Unzahl von Verbindungen, wie *Sauarsch, -balg, -bankert, -bär, -bardel, -barg, -baschdert, -beele, -beidel, -belz, -bengel, -bock, -bu, -butz, -deiwel, -dier, -hammel, -hannes, -hert, -hund, -iggel, -kerl, -klowe, -kopp, -labbe, -laggel, -limmel, -loch, -mensch, -preiß, -riwwel, -sack, -schwein, -verregger, -treiwer, -viech,* gipfelnd in den Kollektivbezeichnungen *Sauvolk* und *Saupack.*

Saufbruder, *-labbe*, dem Alkohol Verfallener.

Saufkopp, sein häufiger Kontakt mit der Bierflasche färbt auf seine Kopfform ab.

Schachdel, *aldi*, nicht mehr so ganz junge, wenig attraktive Weibsperson, auch als *Schadull* bezeichnet.

Schalmai, tönt auch ohne Musikinstrument ganz schön laut durchs Dorf.

Schalwes, tölpelhaft einfältiger Kerl.

Saufkopp

Schambel, Hanswurst, liederlicher Flegel.

Scharwenzler, schmeichelt sich beim weiblichen Geschlecht mit seinem aufgesetzten Charme ein.

Scheißer, *Scheißkerl*; das fäkalische Allerweltswort *Scheiß* verstärkt die Wirkung des Angesprochenen; Anwendungsmöglichkeiten fast unbegrenzt. Seine Attraktivität ist in der Pfalz seit Liselotte von der Pfalz unbestritten: »Die ganze Welt ist von *Scheißern* überfüllt«.

Schereschleifer, derbes Schimpfwort für einen gar nicht Beliebten.

Scherzejäger, läuft jedem Rock nach.

Schicks, verkommenes Frauenzimmer, (aus jidd. *schickse* ›Christenmädchen‹)..

Schießbudefigur, jemand, die sich lächerlich herausputzt.

Schiewer, macht unlautere Geschäfte; die Redensart *moin liewer Schiewer* beinhaltet eher einen gut gemeinten Tadel.

Schiganebuggel, *-kopp, -macher,* versteht es, andere mit Kleinigkeiten zu schikanieren.

Schindmär, böses altes Weib, zu nichts mehr zu gebrauchen.

Schinner(hannes), quält Mensch und Tier.

Schinnoos, (entspr. schriftdeutsch *Schindaas*) pfiffige, auch durchtriebene und böse Weibsperson, gelegentlich auch liebevoll gemeint; hat mit *Chinese* überhaupt nichts zu tun!

Schlabbe, so etwas ähnliches wie ein *Schlappschwanz*.

Schlabbedoores, ein Trottel von Gottes Gnaden.

Schlabbefligger, Neckname für Schumacher; besonders für die aus Pirmasens.

Schlabberer, weibl. *Schlabberbas, -gosch, -maul, -schniß* (auch *Schlawwer-*) hat immer etwas zu erzählen; *»schlawwert em Deiwel e Ohr ab un widder draa«.*

Schlabbes, *Schlabbel,* kann leichtsinnig und/oder schlampig, nachlässig, feige sein.

Schlaggel, ähnliche Bedeutung wie Vorhergehendes, mit Körpergröße verbunden.

Schlambambel, eine fürchterlich unordentliche Haus- und Ehefrau, mit der nur ein mit ähnlichen Charaktereigenschaften ausgestatteter Mann (*Schlambamber/Schlambambes*) zusammenleben kann; auch:

Schlamp, Nebenform des vorausgehenden weiblichen Schimpfworts; auch: *Schlambel, Schlumbel, Schlambine, Schlampsara,* männlich *Schlamber(t), Schlämber(t), Schlambes.*

Schlappgosch, gibt überall — meist ohne gefragt zu sein — seinen/ihren Senf dazu; auch: *Schlappmaul, -schnut.*

Schlappgret, *-hannes, -madam, -mamsell, -peder, -sack, -sau* sind schlicht und einfach *Schlampen* bzw. *Schlamber,* siehe oben.

Schlappschwanz, ein Feigling auf der ganzen Linie.

Schlaumeier, *-berger, -buggel,* leicht durchtriebener Alleswisser.

Schlawiner, geht das Leben mit einer gehörigen Portion Raffinesse an.

Schlemihl, aus jidd. *schlemiel* ›ungeschickte Person‹, ein gerissener Hund, der zudem noch dumm und träge ist.

Schleimer, langsamer und träger Typ, der sich bei Vorgesetzten »einschleimt«.

Schleimscheisser, absolut kein Kompagnon zum Pferdestehlen.

Schliffel, flegelhaft und unverschämt *bis dort naus.*

Schlingel, Lausbub der phantasievollen Art.

Schlippche, reimt sich (fast) auf *Flittche* und hat ein ebenso unsolides Wesen.

Schlitzohr, auch: *Schlitzhericher* oder *-hooricher*, bei ihm möchte man, wie die Herkunft des Wortes nahelegt, ob seiner Durchtriebenheit am liebsten zur mittelalterlichen Foltermethode des Ohrenschlitzens zurückkehren.

Schloofmitz, verschläft wahrscheinlich auch noch das Jüngste Gericht; auch: *Schloofbätz, -belz, -bock, -eil, -elz, -kapp, -koller, -kopp, -niggel, -peder, -ratz, -sack.*

Schloddel, ihm/ihr möchte man am liebsten immer etwas nachhelfen.

Schlot, nichtsnutziger Kerl.

Schlugger, armer, bemitleidenswerter, unter chronischem Geldmangel leidender Mitmensch.

Schluri, ein ganz schöner Schlawiner, der es faustdick hinter den Ohren hat.

Schmachtlabbe, »errötend folgt er ihren Spuren und ist von ihrem Gruß beglückt« — aber er traut sich nicht.

Schmalzdaggel, Hunderasse bzw. Menschenschlag mit eher schmierigen und unsympathischen Konturen.

Schmarotzer, lebt auf Kosten anderer.

Schmeerbauch, hat Schwierigkeiten, über seinen Bierbauch hinweg die unteren Extremitäten zu sehen.

Schmeeßmick, unappetitlicher, schmieriger Kerl.

Schmierfink, *-joggel, -labbe,* hat beim Besuch im Klo nicht nur den Drang zum Wasserlassen, sondern auch den, die Wände mit seinen dreckigen Witzen zu »verzieren«; auch übertragen gebraucht.

Schnaddergeeß, *-liß,* schnattert in einem fort.

Schnall, Mädchen, mit deren Ruf es nicht zum besten steht.

Schnapsleich, *-bruder, -nas, -lumbe,* versäuft noch den letzten Rest seines Verstandes.

Schneebrunzer, uriniert unkontrolliert im Winter-Wunder-Land herum und macht sich (nicht nur) dabei äußerst unbeliebt.

Schneegans, jüngere Frau mit niedrigem IQ.

Schneek, *Schneeger(n),* ist ausgesprochen wählerisch beim Essen; »ich esse meine Suppe nicht...«

Schnellmerger, braucht ein bißchen länger als normal, bis bei ihm der Groschen fällt.

Schnerr, alte, meist unverheiratete Weibsperson.

Schnesel, hochnäsiger, unverschämter Jüngling.

Schniffler, steckt seine Nase in anderer Leute Angelegenheiten.

Schnorrer, Schmarotzer, Bettler.

Schnuddler, arbeitet schnell und unsauber.

Schnudebutzer, Figaro, Rasierer, Friseur; auch: *Schnudefeger.*

Schnurrant, herumziehender, bettelnder Musikant.

Schode, Einfaltspinsel mit bösartigem Einschlag; aus hebr. *sote.*

Schornstefeger, liebevoll zu einem etwas zu schmutzig geratenen *Biewel.*

Schwammbuggel, aufgedunsener Fettsack.

Schwätzer, kann beim besten Willen seine Zunge nicht im Zaum halten.

Schweereneder, eigentlich jemand, dem man die »schwere Not« (Fallsucht) wünscht; und zwar wegen seiner Durchtriebenheit und Frechheit.

Schwellkopp, möchte gerne mit seinem geschwollenen Dickkopf durch sämtliche Wände.

Schwittjeh, leichtsinniger, verschwenderischer Mensch, Schürzenjäger; von frz. *suite* ›Gefolge‹.

Schwoineprieschder, keiner von der saubersten Art.

Schwuler, *Schwuli,* zeigt in seinem sexuellen Verhalten eine Präferenz für gleichgeschlechtliche Partner.

Seggel, Verkleinerungsform von *Sack,* der diesem aber in nichts nachsteht.

Seldefrehlich, Trauerklos, der zum Lachen in den Keller geht, damit ihn keiner sieht.

Sesselforzer, Beamter (vornehmlich in Gemeindeverwaltungen, Finanzamt, Arbeitsamt etc.).

Sießholzraschbler, Schmeichler, Schönreder.

Siffel, oder *Siffer,* spricht gerne dem Alkohol zu.

Simbach, dümmlicher Mensch.

Simbel, einfältiger Typ, der nichts dazu kann; meist mit den Adjektiven *alt* oder *bleed* gebraucht.

Siwwedermel, *-dinnel,* Dummkopf.

Sogge, unveränderliche Kennzeichen: frech und dumm.

Soome, Kollektivbezeichnung für ungezogene Kinder.

Spääbrenner, Geizhals.

Spanner, interessiert sich für Vorgänge in anderer Leute Schlafzimmer.

Sparanzler, Angeber, der sich durch sein dummes Getue hervortut.

Sparbrotche, sparsamer, geiziger Mensch.

Spatzehern, seine Gehirnmasse gleicht der eines Sperlings.

Specknawwel, *-schwart,* Fettwanst.

Spielverderwer, spielt nicht mehr mit, sobald er merkt, daß er verliert.

Spinatwachdel, kein Hühnervogel, sondern eine komische, meist alte, aufgetakelte Tunte.

Spindisierer, phantasiert und lügt das Blaue vom Himmel herunter.

Spinner, überspannter Eigenbrötler.

Spitzbu, Schlawiner, Frechdachs.

Spitzkligger, Sonderling.

Sprichbeidel, *-buggel, -klobber, -macher,* erfreut seine Umwelt mit allerlei Weisheit, schneidet auf, gibt an.

Sprinz, dürre, auch eingebildete Maid.

Spuchdemacher, Witzbold.

Spund, junger Schnösel, ohne Erfahrung und Kompetenz.

Staatsfaulenzer, gesteigerter Faulpelz, nicht unbedingt in Staatsdiensten.

Staches, unbeholfene, tölpelhafte Person; aus *Eustachius.*

Stadtschisser, so beschimpft die pfälzische Landbevölkerung die Sonntagsausflügler aus den Ballungsgebieten.

Stänkerer, ist mit nichts einverstanden und macht hintenherum Mißstimmung.

Steggebäänicher, kommt mit seinen dürren Beinen daher wie auf Stelzen.

Steißbäätrommler, Schulmeister alter Art.

Stenz, eitler Geck.

Stepper, auch: *Steppes, Steppke,* kleiner Bub.

Stick, meist: *bleedes, dummes S.*; auf dieses Schimpfwort greift man nur aus Verlegenheit zurück.

Stier, z. B. *alder, bleeder, dummer S.*, nichtkastrierter Verwandter des pfälzischen Ochsen.

Stifdekopp, kurzgeschorener kleiner Junge.

Stinker, verbreitet im realen wie übertragenen Sinne Gestank; auch: *Stinkmorschel.*

Stodderhannes und *Stoddergret*, Geschwisterpaar mit Sprechbehinderung.

Stoffel, tölpelhafter, ungeschickter, geistig beschränkter Artgenosse; aus *Christoffel.*

Stolwerhannes, stolpert andauernd über seine eigenen Füße. Bruder des *Stolwerjoggl* (aus *Jakob*).

Storze, *klääner Stepper.*

Strauchdieb, diesem elenden Wegelagerer traue man nicht über den Weg.

Strewer, Lehrers Liebling.

Strick, Schlingel, durchtriebener Kerl.

Strietsie, leichtsinniger Typ.

Strohkopp, füllt jedes Jahr zur Erntezeit den Hohlraum seiner Hirnschale mit Stroh auf.

Strolch, kleiner Wilder.

Stromer, Herumtreiber, der es faustdick hinter den Ohren hat; spaßig für den Elektriker.

Stroßekehrer, in Verruf geratener Angehöriger eines durchaus ehrbaren Berufs.

Struwwelpeder, seit der Erstauflage von Heinrich Hoffmanns weltbekanntem Kinderbilderbuch (1845) auch in der Pfalz beheimateter Junge mit ungekämmten Haaren. Seit 1984 im »Pälzer Struwwelpeder« (von Walter Sauer) verewigt: *Guckt emol, do steht er/ Pfui! De Struwwelpeder!* Allgemeiner: *Struwwelkopp.*

Stumbe, *en kläner Knorze.*

Sturrkopp, Variante für *Dickkopp.*

Stutzer, auffällig gekleideter Jüngling.

Stuw(w)ehogger, einer, der »hinterm Ofen sitzt/ und dabei die Ohren spitzt,/ kein Stund vors Haus/ ist kommen aus«; vgl. den Reim: *»Sofie, mach dei Bruchband logger,/ mir Pälzer sin kää Stuwwehogger.«*

Subbekaschber, ist sehr wählerisch beim Essen und droht, wie sein literarisches Vorbild, am fünften Tage tot zu sein.

Sumpfnudel, begibt sich in schlechte Gesellschaft und versumpft dabei.

Sunndaachsfahrer, läßt seinen Mercedes, Baujahr 1959, die Woche über in der Garage und begibt sich nur sonntags auf pfälzische Landstraßen, um andere Verkehrsteilnehmer durch seine langsame und unsichere Fahrweise zu nerven.

T

Terrorischt, leider in der Wirklichkeit nicht ganz so harmlos wie im Scherz.

Thusnelda, Beiname einer richtigen *Orschel.*

Traatsch, auch: *Tratschbas, -weib,* kann nichts für sich behalten und posaunt daher jedes Geheimnis aus.

Trambel, ungepflegte Person; zoologische Ausprägung: *Trambeldier.*

Tranfunzel, ursprünglich eine ›schwache Öllampe‹, bezeichnet als Schimpfwort auch nicht gerade eine Leuchte.

Triebsalbläser, Musikant der faulen und langweiligen Art.

Troddel, hat kein Rückgrat und läßt grundsätzlich alles mit sich machen.

Trotzkopp, Sturrkopp.

Truschel, kleines dickliches Frauenzimmer mit unattraktivem Äußeren, lahme Ente.

U

Ufschneider, übertreibt maßlos à la Münchhausen.

Uhu, scherzhafte Bezeichnung eines U(nter)hu(ndertjährigen) in der pfälzischen Jugendsprache des ausgehenden 20. Jahrhunderts.

Umstandskrämer, stellt sich fürchterlich blöd an, trägt die Kirche ums Dorf.

Urviech, urwüchsige Natur, frißt, säuft, rülpst und forzt nach Kräften.

Uuflat, Patron mit schmutziger Phantasie, deren Ergebnisse er meint auch noch ausposaunen zu müssen.

Uzer, einer, der andere notorisch hänselt; substantiviert aus »uzen« (pfälzischer Erstbeleg bei Maler Müller, 1776!), das selbst von »Uz«, der Koseform für »Ulrich«, abgeleitet ist; vgl. »Hans« und »hänseln«. Die im Hessischen Schimpfwörterbuch (Verlag Michaela Naumann, 1990) angegebene Etymologie aus poln./jidd. *uciecha* ist (mit Verlaub — und gehöriger Entschuldigung bei den Verfassern!) gänzlich abwegig. (Anmerkung des Verlegers: »Auch mit derartigen unangebrachten Bemerkungen bringt ein *iwwergscheider* Autor die Seite wenigstens halbwegs voll. Doch werde ich mich hüten, Zensur anzuwenden und verweise stattdessen — pardon — auf Buchstaben A, 1. Stichwort.«)

V

Vadderlandsverräder, ein ganz und gar vaterlandsloser Gesell.

Vereinsmeier, ihm geht der Verein (Gesang-, Kleintierzüchter-, Brieftauben-, Philatelisten-, Vogelschutz-, Wander-, Sport- usw.) vor Familie, Gesundheit, Gut und Geld; merkt in der Regel erst spät, daß er sich mit seinen Prioritäten gründlich verschätzt hat und stirbt dann verhärmt und mit Gott und der Welt im Argen liegend.

Vagabund, ein elender Herumtreiber.

Veschberschell, Klatschbase im pfälzischen Dorf.

Viehkerl, *-mensch,* ein frecher und nicht übermäßig mit Intelligenz gesegneter Kerl.

Vielfraß, erfreut sich eines gesegneten Appetits; *»ich hab alleweil iwwerhaupt kään Abbedit; vier, fünf Deller voll, un ich bin satt«.*

Voggelscheich, macht mit ihrem ungepflegten Aussehen sogar die Vögel scheu.

Volksredner, demagogischer Typ, der sich gerne reden hört.

Vollgasbremser, Automatikfahrer, der mit einem Fuß auf dem Brems- und dem anderen auf dem Gaspedal fährt.

Vollidiot, das allgemeine Urteil seiner Umwelt über ihn lautet: völlig übergeschnappt!

Vollsauf, lebt gewohnheitsmäßig nach der Devise: *ääner geht noch noi!* Auch: *Vollzabbe.*

Vorgardezwerg, Gartenzwerg in exponierter Stellung.

W

Wagges, abschätzige Bezeichnung für Franzosen, besonders aus den Grenzregionen des Elsaß und Lothringens.

Walddeiwel, ein wilder Sproß.

Waldhex, im Wald und auf der Heide, da sucht sie ihre Freude.

Waldhoini, etwas zurückgebliebener Komiker.

Warmer, auch: *warmer Bruder*, homosexuell orientierter Mitmensch, *vun de annere Faguldät.*

Wärschtche, *Wärschdel,* Produkt eines Pfälzer Schlachtfests in verkleinerter Form; daher relativ unbedeutend.

Wasserkopp, bemitleidenswerter Mensch mit einer abnormen Ansammlung von wässeriger Flüssigkeit innerhalb der Schädelhöhle.

Wasserträger, transportiert zum Nachteil anderer nicht so sehr Wasser als vielmehr Nachrichten, Geheimnisse und Gerüchte durch die Gegend.

Wedderhex, bei Wind und Wetter ein gleich zänkisches und bösartiges Weib.

Weschlabbe, kann sich nicht behaupten; Pantoffelheld.

Weschweib, Klatsch und Tratsch ist ihr Lebensinhalt. Früheres Betätigungsfeld am Bach oder in der Waschküche; heute meist am Telefon.

Wichser, derbes Schimpfwort, mit und ohne sexuelle Bedeutung.

Wiehldeiwel, auch: *Wiehler, Wuhler,* muß immer etwas zu schaffen haben.

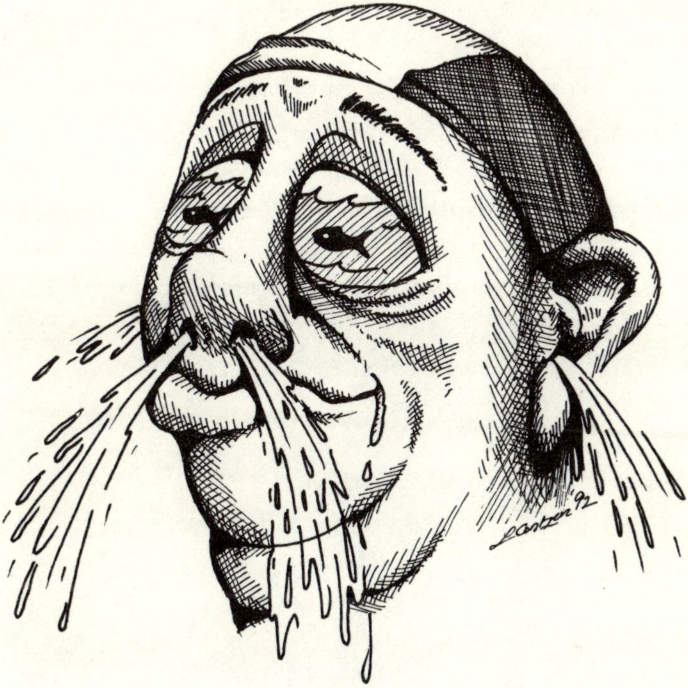

Wasserkopp

Wildsau, schmutziger, gemeiner Mensch.

Windbeidel, unzuverlässiger und leichtsinniger Kerl, auch *Windlipps* genannt.

Witzbold, leicht bescheuerter Typ, der meint, die ganze Welt warte auf ihn.

Woileich, Volltrunkener im Stadium des *Delirium tremens.*

Wonnebrunser, Urinator im siebten Himmel.

Worschtathlet, kleiner, schmächtiger Bub, der wohl gerade noch eine Wurst stemmen kann.

Worzelsepp, ernährt sich am liebsten von den Früchten des schönen Pfälzer Waldes.

Wutz, Drecksau im kindlichen Anfangsstadium, eher lustig gemeint.

X

Xandipp, Prototyp der zänkischen Weibs; Ehefrau des Pfälzer Sokrates.

Xell, meist mit schmückenden Adjektiven gebräuchlich, z. B. *uuruhicher, vadderlandsloser, iwwerzwercher Xell.*

Xellschaft, Ansammlung von un- oder asozialem *Xindel.*

Xox, einziges pfälzisches Wort mit an- und auslautendem X. Verballhornte Schreibung für *Gsocks*, Sammelbegriff für mißliebige Menschen.

Xundheitsaposchdel, trägt Birkenstocksandalen und sein vieles Geld im Jutesack ins Reformhaus.

Y

Ywwerkandiddelde wyrden dyses Schympfwort sycher myt Ipsylon buchstabyren. Natyrlych tipysch ywwerzwerch! — Ansonsten ist das Ypsilon ein durch und durch unpfälzischer Buchstabe. Auch seine Verwendung im Stadtnamen von Speyer ist ein relativ junger Import aus dem Königreich Bayern.

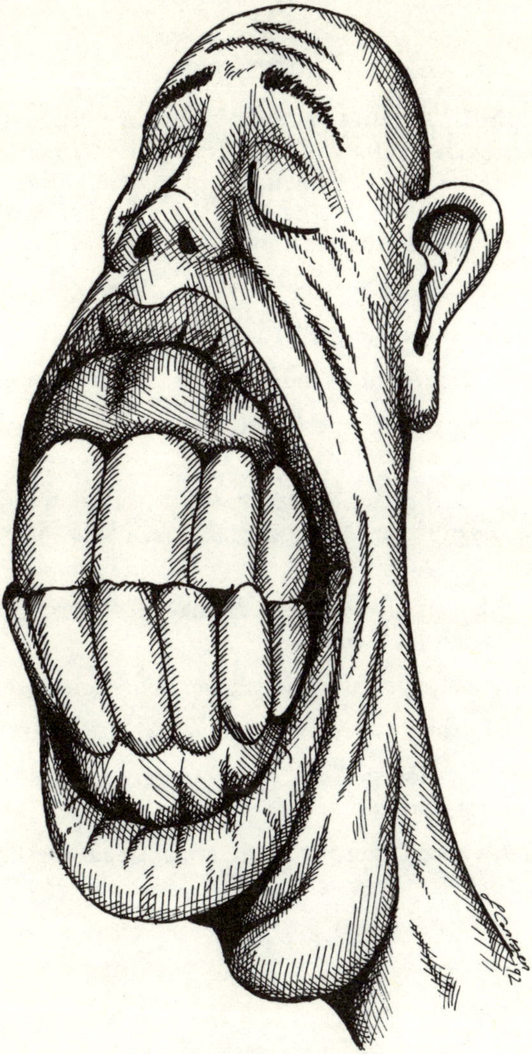

Zahraffel

Z

Zabbelphil(ip)p und andere zappelige Eigennamen (*-fritz, -gret, -hannes, -peter, -bajaß*) bezeichnen krankhaft überaktive Personen, meist Kinder, über deren Schicksal die Geschichte im *»Pälzer Schdruwwelpeder«* abschreckende Auskunft gibt.

Zähblegger, unbeherrschter, mißmutiger Zeitgenosse.

Zahraffel, Person mit Pferdegebiß.

Zambel, liederliches Frauenzimmer, auch: *Zumbel.*

Zeck, lästig zwickende Milbe, meist weiblich und zänkisch.

Zigeiner, derbes Schimpfwort für unverschämten Kerl; ohne Bezug zur Volkszugehörigkeit der Sinti und Roma.

Zimberliß, empfindliches Pflänzchen der Gattung »Rühr-mich-nicht-an«.

Zoddel(bock), *-gret*, unordentliche, liederliche Person.

Zorniggel, leicht erregbarer und jähzorniger Mensch.

Zunnerhex, böses Weib mit Zunder unterm Arsch, schlampig und gerissen.

Zwoggel, abschätzig für kleingewachsenen Fiesling.

Schimpfwörterbücher

Nicht nur die Pfälzer können schimpfen!

Auch in den anderen Regionen der Bundesrepublik wird *geplärrt, gemotzt, gebläkt, genörgelt* und *rumgemuckt*. Und das nicht zu knapp.

Überall gibt es herrliche Ausdrücke zum therapeutisch wertvollen Frustabbau. Mit Tausenden von Schimpfwörtern wird in dieser Buchreihe eine humorvolle »Schimpfologie« Deutschlands erstellt. Die Begriffe sind mit nicht immer ganz so ernst zu nehmenden Erklärungen versehen und mit Zeichnungen, teilweise von dem Comic- und Cartoonzeichner Lars Contzen, illustriert.

Bereits erschienen sind:

Das Hessische Schimpfwörterbuch
Das Fränkische Schimpfwörterbuch
Das Sächsische Schimpfwörterbuch
Das Hamburger Schimpfwörterbuch
Das Bayerische Schimpfwörterbuch
Das Rheinische Schimpfwörterbuch
Das Ruhrgebiet Schimpfwörterbuch
Das Märkische Schimpfwörterbuch
Das Schwäbische Schimpfwörterbuch
Das Saarländische Schimpfwörterbuch
Das Friesische Schimpfwörterbuch

Weitere sind in Vorbereitung.
Jeweils 80 Seiten, mit zahlreichen Abbildungen versehen, im Buchhandel für DM 9,80 erhältlich.